Der Fuchs und die kleine Fee

Für Marina 2013

von Oma Dagmar

Eine Geschichte von Evi Steiner-Böhm
mit Illustrationen von Michael Horn

Für alle Zauberwesen und solche, die es werden wollen.

Herausgeber: Evi Steiner-Böhm, Michael Horn

Gestaltung und Satz: Peter Böhm
Herstellung: Druckerei Sonnenschein, Hersbruck
Lektorat: Ingrid Kurz, Christian Krug

ISBN 978-3-00-024155-0

Inhaltsverzeichnis

Kapitel 1
Flucht in die Stadt

In einem fernen Land in einer fernen Zeit lebte einst eine wunderschöne kleine Fee. Sie hatte lange Haare, deren Farbe der des Honigs glich, den die Bienen in ihrem Wald sammelten. Ihre Augen blickten staunend in die Welt, und ihr Mund stand nie still, denn stets gab es etwas zu erzählen: von den Bäumen, den Blumen, den Steinen, den Gräsern, den Beeren, den Pilzen, den Tieren, den Vögeln. Deshalb freute sie sich auch immer, wenn sie jemanden fand, mit dem sie all die Wunder teilen konnte, denen sie täglich begegnete.

Der Wald, in dem sie wohnte, hatte sich vor einigen hundert Jahren in der Gegend niedergelassen. Sehr zur Freude der großen alten Felsen, die dort schon so lange standen, dass sie selbst nicht einmal mehr wussten, wie alt sie waren. Die vielen Bäume, die sich mit ihren Wurzeln an ihnen festhalten durften, sangen ihren Gastgebern nun jeden Tag ein vielstimmiges Lied vom Leben, und den Felsen wurde die Zeit nicht mehr lang.

In einer alten Linde, deren Stamm sich schon oft geteilt hatte, befand sich das gemütliche Haus der kleinen Fee und ihrer Mutter. Seine Fenster waren mit Efeu umwachsen, der dafür sorgte, dass es drinnen im Winter kuschelig warm und im Sommer angenehm kühl blieb. Sie achteten darauf, dass es stets sauber und ordentlich war. Die Vorratskammer war immer mit leckeren Speisen gefüllt, denn sie bekamen oft Besuch. Die Waldbewohner liebten die Feen, weil sie für alle ein freundliches Wort hatten und halfen, wann immer man sie darum bat.

Doch eines Tages wurde das Lied des Waldes von Donnergrollen unterbrochen. Ein Krieg zog ins Land. Soldaten kamen und stapften mit ihren schweren Stiefeln über den weichen Waldboden. Kein Lebewesen war vor ihnen sicher. Alles, was sich ihnen in den Weg stellte, wurde zerstört.

Die Mutter der kleinen Fee rief erschrocken ihre Tochter ins Haus: „Mein Kind, jetzt ist es vorbei mit dem Frieden! Du darfst nicht mehr frei im Wald herumstreifen, sonst werden die Soldaten dir großes Leid antun. Es wird auch am besten sein, wenn wir uns in der Stadt unter den Menschen verbergen, solange der Krieg währt. Ich werde dir die Haare abschneiden und Ruß ins Gesicht schmieren, damit niemand deine wahre Natur erkennt.“

Also wurden der kleinen Fee die Haare abgeschnitten und ihr Gesicht wurde mit Ruß geschwärzt. Ihr schönes weißes Feenkleid wanderte in eine Kiste und wurde gegen zerlumpte Sachen ausgetauscht. Fortan lebte sie mit ihrer Mutter in einer dunklen Wohnung in der Stadt, wo niemand sie als Feen erkannte.

Die Jahre zogen ins Land und die kleine Fee wuchs heran. Oft wünschte sie sich, wieder so wie früher leben zu dürfen. Doch der Krieg dauerte an, und sie fügte sich in ihr Schicksal. Sie trug die alten Kleider, schwärzte ihr Gesicht und schließlich glaubte sie selber fast, sie sei nie etwas anderes gewesen. Nur die Haare wuchsen wieder, aber die verbarg sie nun unter einem Tuch.

Das Leben wurde immer schwerer, denn oft genug gab es nichts zu essen. Die Mutter wurde sehr krank. Die kleine Fee pflegte sie liebevoll, aber sie konnte nicht verhindern, dass die Mutter schwächer und schwächer wurde und schließlich starb.

Bald nach dem Tod der Mutter fanden die Menschen endlich, dass es genug sei mit dem Krieg, und auf die Straßen der Stadt kehrte langsam das Leben zurück. Voll Freude lief die kleine Fee zum ersten Mal seit langem ohne Furcht hinaus. Viele Menschen tummelten sich dort, und obwohl sie nun ganz allein war, genoss sie den Tag sehr. Als sie bei Anbruch der Dunkelheit nachhause zurück ging, entdeckte sie zu ihrem Erstaunen in einem dunklen Hauseingang einen Fuchs. Zögernd trat sie auf ihn zu und sagte: „Herr Fuchs, ich glaube, ich kenne Euch!“

Der Fuchs knurrte, als sie sich ihm näherte, doch dann sah er sie fragend an: „Ja, ich glaube fast, du hast recht. Du siehst aus wie die kleine Fee, die bei uns im Wald gewohnt hat, bevor der Krieg begann!“

Die kleine Fee klatschte in die Hände: „Ja, Herr Fuchs, das bin ich wirklich! Wie schön, dass es noch jemanden gibt, der sich an mich erinnert! Ach, erzählt mir doch von unserem Wald!“

Der Fuchs rückte ein wenig zur Seite. „Ich war selber lange nicht mehr da, denn als die Soldaten kamen, musste ich mit meiner Familie flüchten. Seitdem ziehen wir von Ort zu Ort und schlagen uns mühsam durch. Außerdem weiß ich nicht, ob ich dir so recht trauen kann! Wenn du hier unter den Menschen lebst, gehörst du wohl zu ihnen. Und mit Lebewesen, die alles zerstören, wollen wir Füchse nichts zu tun haben!“

Die kleine Fee streckte ihre Hand aus, um den Fuchs zu streicheln: „Aber sieh doch, fühl doch, ich tu dir doch nichts!“ Misstrauisch legte der Fuchs die Stirn in Falten: „Naja, aber irgendwie siehst du nicht genau so aus wie die kleine Fee, ich weiß nicht so recht…“

Eifrig wischte sich da die Kleine den Ruß aus dem Gesicht und strahlte: „Erkennst du mich jetzt?“

Der Fuchs wiegte zweifelnd den Kopf hin und her: „Die kleine Fee hatte aber immer so ein schimmerndes Kleid an!“

Da lief die kleine Fee nach Hause und holte ihr Feenkleid aus der Kiste unter ihrem Bett heraus.

Ein Feenkleid ist etwas ganz Besonderes. Nicht jeder kann es mit bloßem Auge sehen. Es ist gewebt aus leuchtenden Fäden und Erinnerungen an all die schönen Dinge, die einer Fee begegnen: Das Lächeln der Sonne, zarte Gräser, alte Felsen, Bäume, Blätter, Schmetterlinge, Sonnenschein und Wind, Begegnungen mit Freunden – alles, was einer Fee an Schönem begegnet, spinnt sich wie von selbst ein in dieses Wunderwerk. Es schmiegt sich weich an ihre Gestalt, und je länger sie es trägt, je mehr Erinnerungen darin eingesponnen sind, desto heller wird es. Normalerweise sind Feenkleider auch sehr haltbar. Aber jede Fee muss dafür sorgen, dass immer wieder neue schöne Erlebnisse dazukommen. Sonst kann es passieren, dass es löchrig wird, oder sogar seinen hellen Schein verliert. Wenn sie es ablegt, um unerkannt zu bleiben, muss sie es in eine Kiste packen, wo die Dunkelheit die Erinnerungen schützt.

Glücklich hielt die kleine Fee ihr kostbares Gewand hoch. Ja, es passte noch! Schnell warf sie es über und lief dann zurück zu ihrem neu gefundenen Freund. „Jetzt müsst ihr mich aber erkennen, Herr Fuchs!“

Doch der blickte noch immer sehr skeptisch drein: „Du siehst wohl aus wie die kleine Fee, aber ich glaube, ich muss erst den Unterschied sehen. Wie hast du denn vorher ausgesehen? Zieh doch noch mal die alten Kleider an! Vielleicht bist du ja doch nur ein Menschenkind und versuchst mich zu täuschen!“

„Ach, Herr Fuchs, dann erkennt mich ja der Wald nicht mehr, so wie auch ihr mich beinahe nicht mehr erkannt habt. Und ich will so gerne wieder zuhause wohnen, dort, wo ich hin gehöre!“

Der Fuchs legte den Kopf schief: „Also, ich finde, du musst mir schon beweisen, dass du es wirklich bist! Wir Füchse sind schließlich die schlauesten unter den Waldbewohnern. Da tragen wir auch eine gewisse Verantwortung!“

Traurig zog da die kleine Fee ihr Kleid wieder aus, steckte sich die Haare auf und schwärzte ihr Gesicht mit Straßenstaub. „So, erkennst du jetzt, dass das nur eine Verkleidung ist?“

Da schüttelte der Fuchs verächtlich den Kopf: „Das ist keine Verkleidung, das seh’ ich jetzt, du bist gar nicht die kleine Fee. Außerdem glauben wir Füchse sowieso nicht mehr an Feen.“

Mit diesen Worten drehte er sich um und lief die Straße hinunter.

Tief enttäuscht setzte sich die kleine Fee auf eine Steinstufe. „Wenn der Fuchs nichts mehr von mir wissen will, wie soll mich da der Wald erkennen?“ Lange Zeit saß sie da und überlegte, ob sie es wagen sollte, in den Wald zurückzukehren. Doch dann fasste sie sich und dachte: „Nun gut, der Fuchs erkennt mich nicht. Aber in der Stadt will ich nicht mehr leben, lieber will ich in meinem Wald sterben.“

Sie legte ihr Feenkleid wieder um und machte sich voller Furcht auf den Weg. Doch je näher sie dem Wald kam, desto leichter fühlte sie sich. Ohne ihr Zutun verwandelte sich ihr Äußeres. Ihr Gesicht wurde so hell wie ihr Herz, und ihr Kleid begann zu leuchten. Als sie schließlich den Wald betrat, erkannten alle sie wieder: die Bäume, die Blumen, die Steine, die Gräser, die Beeren, die Pilze, die Tiere, die Vögel. Alle Wesen im Wald begrüßten sie freudig und nahmen sie in ihrer Mitte auf. „Wenn der Fuchs mich nur jetzt sehen könnte“, dachte die kleine Fee, „dann würde er endlich glauben, dass ich es wirklich bin. Aber wer weiß, vielleicht kommt er ja auch zurück in den Wald.“

Kapitel 2
Wieder daheim

Die kleine Fee strahlte. Da war ihr Haus, das sie vor vielen Jahren verlassen hatte. Freilich, es sah reichlich heruntergekommen aus. Soldaten hatten darin gehaust und schließlich hatte der Wald sich einen Weg ins Haus gebahnt. Eine Buche streckte vorwitzig ihre Äste durch die Fenster, und vor der Tür hatte es sich ein Busch gemütlich gemacht. Gräser und Blumen siedelten überall im Mauerwerk, und unter dem Dach wohnte nun ein Vogelpaar mit seinen fünf Kindern.
„Ihr Lieben“, sagte da die kleine Fee. „Ich muss euch leider bitten, mir mein Haus zurückzugeben. Wenn ihr mir alle helft, dann kann ich euch heute Abend schon zu mir an den Tisch bitten.“
Da steckten die Waldwesen die Köpfe zusammen und beratschlagten. Viele konnten sich noch an die leckeren Sachen erinnern, die die kleine Fee und ihre Mutter ihnen früher vorgesetzt hatten: Schwarzbeerspeisen, Walderdbeerkuchen, Pilzsoße, Wurzelgemüse. Allen lief das Wasser im Mund zusammen. „Wir helfen dir gerne, kleine Fee“, riefen sie und machten sich an die Arbeit. Es wurde geputzt und aufgeräumt, dass es eine wahre Freude war. Die Buche zog ihre Äste zurück und streckte sie über das Dach in den Himmel. Der Busch rückte ein wenig zur Seite und bot dem Vogelpaar mit seinen Kindern einen Platz zwischen seinen Zweigen an. Die Gräser und Blumen rutschten von den Wänden und streckten ihre Wurzeln in die Erde vor dem Haus.

Derweil machte sich die kleine Fee auf, um für alle das Abendessen zu sammeln. Es war Erdbeerzeit, das wusste sie, und sie freute sich schon sehr darauf, die kleinen roten Früchte zu pflücken. So lange hatte sie keine mehr gesehen! „Hoffentlich haben die Menschen mir noch welche übrig gelassen“, dachte sie. „Es ist schon spät im Jahr, da werden sie vielleicht schon alle weg sein.“

Doch als sie zu ihrem alten Erdbeerplatz kam, hüpfte ihr Herz. Überall leuchteten die roten Beeren durch die grünen Blätter, kleine und große im Überfluss! Binnen kürzester Zeit hatte sie ihre Schürze mit den leckeren Früchten gefüllt. „So, und jetzt schnell einen Kuchen gebacken!“ rief sie und lief zum Haus zurück.

Die kleine Fee winkte den fleißigen Waldwesen zu. „In einer Stunde gibt es Abendessen!“ Dann verschwand sie in der Küche. Es dauerte nicht lange, da schlängelte sich köstlicher Kuchenduft durch die offene Tür.

Schließlich war die Arbeit getan und die hungrigen Helfer versammelten sich um den großen Küchentisch. Die kleine Fee tat allen reichlich auf den Teller: „Esst und trinkt, meine Freunde“, sagte sie, „es ist so schön, wieder daheim zu sein.“

Es war eine fröhliche Runde, die da zusammen saß, und es wurde gelacht und gescherzt.

Keiner bemerkte, dass draußen vor dem Fenster noch ein Waldwesen war, das sehnsüchtig in die gemütliche Stube sah. Da stand der Fuchs, den nach dem Gespräch mit der kleinen Fee das Heimweh nach seinem alten Revier gepackt hatte. Er hatte es in einem jämmerlichen Zustand gefunden und wollte nun gerade enttäuscht in die Stadt zurückkehren, als er das Gelächter aus dem Haus der kleinen Fee hörte. Voller Zweifel überlegte er, ob er anklopfen und um Einlass bitten sollte. Das war die kleine Fee, die er gestern so verächtlich hatte stehen lassen. Gab es sie also doch? Einen Menschen hätten die Waldbewohner doch nicht bei sich aufgenommen, oder? Beinahe tat es ihm leid, dass er so unhöflich zu ihr gewesen war.

Da hatte die kleine Fee ihn schon gesehen. Rasch öffnete sie das Fenster und sagte freundlich: „Hallo, Herr Fuchs, schön, dass Ihr gekommen seid. Möchtet Ihr hereinkommen und mitessen?“

Misstrauisch blickte der Fuchs sie an. „Was muss ich denn dafür tun?“, fragte er. Die kleine Fee sah sich um: „Ich weiß nicht, die meiste Arbeit ist schon getan, aber wenn Ihr wollt, könnt Ihr dann das Geschirr spülen.“

Der Fuchs rümpfte die Nase. „Ich wusste doch, dass du keine Fee bist. Denn dann könntest du zaubern und keiner müsste Geschirr spülen. Nein danke, ich hole mir

mein Essen anderswo!“ Sprach’s, drehte sich um und verschwand im Wald.
Die kleine Fee blieb höchst erstaunt zurück. „Was hab ich denn jetzt schon wieder Falsches gesagt? Ich wollte ihm doch nur die Möglichkeit geben mit zu helfen. Dieser Fuchs ist wirklich ein seltsames Wesen. Naja, wenn er das nächste Mal kommt, werde ich ihm halt sagen, dass er sein Essen umsonst bekommt.“ Sie schloss das Fenster und wandte sich wieder ihren Gästen zu.
Der Fuchs, der sich hinter einem Baum versteckt hatte, schimpfte: „So eine Frechheit, von wegen seltsames Wesen. Die hat mich heute zum letzten Mal gesehen! Was denkt sie nur, ich habe es doch nicht nötig, dass mir jemand Essen schenkt. Und arbeiten muss ich schon gar nicht dafür. Schließlich bin ich ein schlauer Fuchs und kann mir mein Essen selber besorgen. Die wird schon sehen, was sie davon hat!“ Und weiter vor sich hin grollend verschwand er im Wald.

Kapitel 3
Die Gefährten

Die kleine Fee war glücklich. Jeder Tag schien ihr wie ein großes Wunder. Wenn sie am Morgen aufwachte, hörte sie die Vögel im Wald zwitschern und der Wind fuhr mit einem leisen Singen durch die Bäume. Nach dem Aufstehen ging sie als Erstes hinaus vor die Tür und begrüßte alle ihre Freunde. „Guten Morgen“, sagte sie zu der großen Linde, in der sich ihr Haus befand.
„Guten Morgen, kleine Fee, ich bin immer da für dich“, knarrte der alte Baum freundlich.
„Guten Morgen, ihr Blumen!“, rief sie den Blumen in ihrem kleinen Garten zu.
„Guten Morgen, kleine Fee, schön dich zu sehen“, lispelten die Blumen. Alle Wesen des Waldes wurden so begrüßt und gaben den Gruß liebevoll zurück. Und weil die kleine Fee so glücklich war, leuchtete ihr Feenkleid ganz hell.
Aber etwas machte ihr Kopfzerbrechen. Warum nur war der Fuchs weggelaufen? Sie grübelte und grübelte. Sie erinnerte sich an seine schönen Augen und meinte Einsamkeit und eine tiefe Traurigkeit darin gelesen zu haben. Aber das konnte doch nicht sein, oder? Schließlich hatte er seine Familie, oder etwa nicht? Vielleicht sollte sie ihm einfach mal etwas Kuchen auf die Fensterbank stellen, damit er wüsste, dass sie ihm nicht böse war?
Gedacht, getan. Sie schnitt ein großes Stück von ihrem frisch gebackenen Himbeerkuchen ab, verzierte es liebevoll mit einem Pfefferminzblatt und stellte es ans Fenster. Dann setzte sie sich still auf die Bank vor ihrem Haus.
Auch der Fuchs hatte die kleine Fee nicht vergessen. Immer wieder war er in den letzten Tagen in der Nähe ihres Hauses auf die Jagd gegangen. Natürlich nicht um sie zu sehen! Beileibe nicht! Nur war die Beute im Wald der kleinen Fee reicher als überall sonst wo. Und das seltsame Ziehen, das er spürte, wenn er in ihrer Nähe jagte, das kam bestimmt vom vielen Essen!
Der Fuchs hob den Kopf und schnupperte. Was war das für ein herrlicher Duft? Er folgte dem Duft durch den Wald und bemerkte schnell, dass er vom Haus der kleinen Fee kam. Sollte er hingehen? Er überlegte hin und her. Würde sie ihn wegschicken, weil er neulich so unfreundlich gewesen war? Nun ja, dann könnte er ja immer noch so tun, als wäre er rein zufällig vorbeigekommen, sagte er sich und schritt langsam auf die kleine Fee zu.
Doch die begrüßte ihn freudig: „Guten Tag, Herr Fuchs, ich freue mich, dass Ihr gekommen seid! Nehmt doch Platz und esst. Ich habe leckeren Kuchen für Euch.“

Der Fuchs war immer noch misstrauisch. War sie wirklich nicht böse? Aber ihr weißes Kleid leuchtete so hell und rein, dass er nicht widerstehen konnte. Er sprang zu ihr auf die Bank und ließ sich nieder. Genüsslich fraß er den Kuchen und legte dann dankbar seine Pfote auf ihren Arm. „Das war sehr fein, ich danke dir!“, sagte er höflich. „Ich bin natürlich rein zufällig hier, aber ich freue mich, dass du mich so freundlich aufnimmst.“

„Das ist doch selbstverständlich, Herr Fuchs“, antwortete die kleine Fee freundlich. „Mir hat es sehr leid getan, dass ich Euch neulich beleidigt habe. Das war nicht meine Absicht!“

„Ist schon gut“, brummte der Fuchs, „du weißt eben nicht, wie stolz wir Füchse sind.“

Die kleine Fee nickte ernst mit dem Kopf. „Das stimmt, ich weiß sehr wenig von euch Füchsen. Ich weiß nur, dass ihr sehr scheu seid und euch von uns Feen fernhaltet. Könnt Ihr mir ein bisschen was erzählen über euch?“

Und so begann eine große Freundschaft zwischen den beiden ungleichen Waldwesen. Von nun an besuchte der Fuchs die kleine Fee immer öfter, und jedes Mal hatten sie sich viel zu erzählen.

Eines Tages machte der Fuchs eine seltsame Entdeckung. Wenn er bei der Fee auf dem Schoß lag, konnte er plötzlich ein wunderschönes Lied hören. Es war als seien die Stimmen des Waldes und der Rhythmus der Erde plötzlich in ihm, und er könnte ihren Gesang verstehen. Die kleine Fee lächelte, als er ihr davon erzählte: „Das ist das Lied des Waldes! Meine Mutter hat immer gesagt, nur Zauberwesen können das hören. Bist du in Wirklichkeit vielleicht auch ein Zauberwesen, so wie ich?“

Der Fuchs wiegte bedächtig seinen Kopf. „Weißt du, ich habe mir auch schon manchmal gedacht, dass wir uns sehr ähnlich sind. Wie ist das, wenn man ein Zauberwesen ist?“ Die kleine Fee dachte angestrengt nach. „Hm, es ist, als seiest du die anderen und die anderen seien du. Aber ich glaube, man kann das nicht immer spüren. Als ich in der Stadt gelebt habe, hatte ich es fast vergessen.“

Staunend sahen die beiden sich an. Konnte das sein, dass zwei so ungleiche Wesen doch von einer Art waren? Der Fuchs jedenfalls war sich sicher: Hier hatte er sein Glück gefunden und hier wollte er bleiben.

Aber auch die kleine Fee schob immer öfter die Arbeiten in Haus und Garten auf, denn nun war ihr Freund, der Fuchs, das Wichtigste in ihrem Leben. Schließlich waren sie beide Zauberwesen und sehr glücklich zusammen.

Doch der Fuchs blieb auch immer noch ein Fuchs. Und er war anspruchsvoll. Bald musste die kleine Fee ihm den Pelz kraulen, bald ein leckeres Essen kochen,

dann musste sie ihm auf der Harfe vorspielen. Schließlich bat er sie auch, mit ihm auf die Jagd zu gehen, denn, so sagte er sehr bestimmt: „Wir sind Gefährten und da muss man sich gegenseitig helfen."
Am liebsten aber war es ihm, wenn er ganz still bei ihr auf dem Schoß liegen und dem Lied des Waldes in seinem Inneren lauschen konnte.
Im Garten der kleinen Fee aber machte sich unter den Pflanzen der Unmut breit, und im Haus nutzten die Spinnen die Gunst der Stunde um in alle Ecken ihre Netze zu hängen. Manchmal wurde die kleine Fee jetzt ungeduldig und schließlich bat sie den Fuchs, wieder allein auf die Jagd zu gehen, damit sie Zeit für ihre Arbeit habe. Der Fuchs war beleidigt: „Wir sind doch Zauberwesen, da muss man sich gegenseitig unterstützen", murrte er.
Die kleine Fee seufzte. „ Lieber Fuchs, bitte sieh doch ein, dass ich auch mal wieder meine Arbeit hier im Haus machen muss. Meine Waldwesen sind schon ganz traurig, weil ich nie Zeit für sie habe. Und meine Mutter hat mir auch immer gesagt, Zauberwesen können für sich selber sorgen." Doch ihr weiches Herz siegte: „Dieses eine Mal noch, aber du musst mir versprechen, dass es das letzte Mal ist!"

Das versprach der Fuchs – bis zu nächsten Mal. Wieder und wieder gab die kleine Fee nach, doch schließlich bemerkte sie, dass ihr Feenkleid dünn wurde. An einigen Stellen bekam es sogar Löcher.
„Fuchs, du bist doch ein Zauberwesen?", fragte sie eines Tages ihren Freund. Beleidigt sah er sie an. „Wie kannst du daran zweifeln?", fragte er böse, „du hast mich doch selbst erkannt!"
Die kleine Fee entgegnete entschuldigend: „Weißt du, Fuchs, mein Feenkleid ist so dünn geworden und das ist eigentlich ein Zeichen, dass ein anderes Wesen die schönen Gedanken in meinem Kleid belauscht. Dadurch verlieren sie ihre Kraft. Andere Zauberwesen haben ihre eigenen Erinnerungen, die brauchen das nicht!"
Der Fuchs erschrak fürchterlich. Er hatte nicht gewusst, dass es die Erinnerungen der kleinen Fee waren, die er hörte. Und dass er damit ihr schönes helles Kleid zerstören würde, hatte er nicht geahnt. Aber sie würde ihm bestimmt nicht glauben und ihn wegschicken, das fühlte er. Das durfte ihm, dem stolzen Fuchs, nicht passieren! Er musste einen Weg finden, wie er sein Gesicht wahren konnte:

„Weißt du, wenn du glaubst, es liege an mir, dass es dir schlecht geht, dann gehe ich jetzt besser. Und ich komme auch nicht wieder. Ich brauche dich nicht. Ich muss mich sowieso um meine Familie kümmern, die hab ich wegen dir die ganze Zeit vernachlässigt. Wahrscheinlich bist du selber kein Zauberwesen, weil du solange unter den Menschen gelebt hast. Und wenn du wirklich eine Fee wärst, würdest du mir, dem schlauen Fuchs vertrauen. Ich jedenfalls weiß jetzt, dass wir beide nicht von einer Art sind!“
Mit diesen Worten sprang der Fuchs durch das geöffnete Fenster und verschwand im Wald.

Kapitel 4
Der Zauberspiegel

Die kleine Fee konnte nicht glauben, dass der Fuchs einfach gegangen war. Jeden Tag wartete sie, dass ihr Gefährte zurückkäme. „Hätte ich nur nichts gesagt", klagte sie. „Kein Wunder, dass er weggelaufen ist. Bestimmt habe ich mich getäuscht, und er ist wirklich ein Zauberwesen." Doch der Fuchs kam nicht wieder. Der kleinen Fee schien es, als sei mit dem Freund die Sonne aus ihrem Leben verschwunden.

Sie weinte wie noch nie zuvor in ihrem Leben. Nichts konnte sie trösten, die Bäume nicht, die Blumen nicht, alle ihre Freunde im Wald schienen ihr im Vergleich mit dem Fuchs nichts wert zu sein.

Viele Tage verbrachte sie im Bett und ihr Feenkleid, das schon lange dünn und löchrig gewesen war, war schließlich völlig verschwunden.

Da wachte die kleine Fee plötzlich aus ihrem Schmerz auf. Was war nur mit ihr passiert? Voll Entsetzen sprang sie auf und lief zu ihrem Zauberspiegel. Was sie sah, erschreckte sie. Da stand ein Wesen, das aussah wie eine Frau, ein ganz gewöhnlicher Mensch! „Wer bist du denn?", fragte sie das Bild im Spiegel böse. „Geh raus aus meinem Spiegel, du bist nicht ich!"

Doch die Frau im Spiegel blieb stehen und blickte die kleine Fee streng an: „Ich bin du, auch wenn du mich nicht sehen willst. Ich bin das, was du aus mir gemacht hast! Zuerst hast du dich nur noch um den Fuchs gekümmert, und dann hast du tagelang gejammert und geheult. Du hast deine ganzen schönen Erinnerungen vergessen und damit dein Feenkleid zerstört. Und jetzt bist du mit mir böse, weil ich dir zeige, was du aus dir gemacht hast!"

Die kleine Fee erschrak. Die Frau im Spiegel sprach die Wahrheit, das wusste sie. „Aber was habe ich denn falsch gemacht?", fragte sie kleinlaut. „Der Fuchs war mein Gefährte und ich dachte, er sei ein Zauberwesen, so wie ich. Es war so schön, jemanden in meiner Nähe zu haben, der auch das Lied des Waldes hören kann!"

„Kleine Fee", antwortete da die Frau im Spiegel. „Bis jetzt warst du ein Kind und dein kindliches Feenkleid hat dich beschützt. Aber ein erwachsenes Zauberwesen kann nur ein Zauberwesen bleiben, wenn es lernt, sich sorgfältig mit schönen Erinnerungen zu nähren. Wenn deine Mutter nicht gestorben wäre, hätte sie es dich lehren können. Aber jetzt hast du mich gefunden und ich werde dir den Weg weisen, den du jetzt gehen musst."

Die kleine Fee wurde sehr ängstlich. „Aber kann ich es denn lernen, eine Fee zu sein?", fragte sie. „Und was ist mit meinem Freund dem Fuchs? Werde ich ihn je wieder sehen?"
Die Frau im Spiegel seufzte: „Wenn du dich nur um deinen Freund sorgst, wirst du die Kraft nicht haben. Sieh mal, jedes Wesen kann ein Zauberwesen sein. Wenn dein Freund sich Mühe gibt, kann er ein Fuchs-Zauberwesen werden. Dann wird er auch nicht mehr deine Kraft brauchen, um das Lied des Waldes in sich zu hören. Denn genau das ist passiert. Er konnte es nur hören, weil deine Erinnerungen ihm geholfen haben. Nur wer lernt, seine eigene Kraft zu nutzen, kann für immer Zauberwesen bleiben. Genau wie du muss er jetzt seinen Spiegel befragen und ihn um Hilfe bitten. Und wenn ihr beide Zauberwesen geworden seid, könnt ihr auch zusammen sein, ohne euch gegenseitig zu schaden."
Die kleine Fee schluckte. „Ich verstehe, was du meinst. Ich muss jetzt erst einmal ein neues Kleid für mich wachsen lassen. Nur, wie kann ich das machen?"
Doch diesmal blieb der Spiegel stumm und die kleine Fee wusste, dass sie die Antwort selber finden musste.

Kapitel 5
Erwachsen werden

Viele Tage waren ins Land gegangen. Jeden Abend hatte die kleine Fee in ihren Zauberspiegel geblickt und immer wieder hatte sie gehofft, die Frau würde doch noch erscheinen und ihr einen Rat geben. Aber der Spiegel blieb leer.

„Sie hat doch gesagt, sie wird mir den Weg weisen?" grübelte die kleine Fee. „Was hat sie nur damit gemeint? Vielleicht soll ich einfach mal den Weg in den Wald hinein gehen?"

Also machte sie sich auf in den Wald. Sie kam an alten Bäumen vorbei, an Beerensträuchern, an Waldblumen. Spinnennetze sah sie und kleine Käfer auf dem Waldboden, alle Waldwesen, die ihr längst vertraut waren. „Ich freue mich, euch zu sehen", sagte sie glücklich und spürte, wie ein bisschen von ihrer alten Kraft zurückkehrte. So ging sie lange Zeit, bis sie schließlich an eine Lichtung kam, wo die Sonne ihre wärmenden Strahlen auf dem Gras ausgebreitet hatte. Und weil sie sehr müde geworden war, legte sie sich unter einen großen alten Baum, um zu schlafen.

Als sie erwachte, war es kühl und dunkel geworden. Neben ihr saß ein alter Mann mit langen weißen Haaren.

„Na, Fee, gut geschlafen?", fragte er freundlich.

„Wer bist du?" Die kleine Fee blickte ihn ängstlich an.

„Ich bin Der-schon-immer-da ist, Der-alles-weiß-und-alles-versteht. Du hast doch viele Fragen, stimmt's?"

„Ja", antwortete die kleine Fee erstaunt. „Woher weißt du das? Ach so, dumme Frage, wenn du der bist, Der-alles-weiß, dann weißt du ja auch, was ich wissen will. Aber ich bin noch keine Fee! Früher war ich die kleine Fee und ich hatte ein wunderschönes weißes Kleid, das mich beschützt hat. Nur ist das leider kaputt gegangen, und jetzt soll ich lernen, wie ich mir ein neues Feenkleid wachsen lassen kann. Weißt du wie ich das machen muss?"

Der alte Mann nickte bedächtig. „Du hast deine Mutter leider früh verloren, aber kannst du dich erinnern, warum sie mit dir in die Stadt gezogen ist?"

„Es war Krieg und meine Mutter wollte, dass mir nichts passiert. Sie dachte in der Stadt seien wir sicher vor den Soldaten. Aber dort war ich unglücklich, und ich durfte auch nie mein Feenkleid tragen!"

„Und als du dann zurück im Wald warst, hat dich dein Feenkleid dann wirklich geschützt?"

„Naja," antwortete die Fee zögernd. „Meine Waldwesen haben mich zwar darin erkannt. Aber nein, geschützt hat es mich wohl nicht, sonst wäre es nicht kaputt gegangen."
„Vielleicht hat deine Mutter das ja geahnt und hat es deswegen weggepackt? Weißt du, für eine kleine Fee war dein früheres Feenkleid genau richtig. Aber jetzt bist du kein Kind mehr, sondern du willst ja ein großes Zauberwesen werden. Dazu brauchst du die Kraft, alles zu verstehen. Dann wird dir ein Kleid wachsen, das unzerstörbar ist."
Die Fee sah den Alten fragend an: „Und wie mache ich das, alles zu verstehen?" Doch da war der Alte schon verschwunden.
Nachdenklich ging die Fee heim. Auf einmal wusste sie, wie sie es machen könnte! Sie würde alle ihre Waldwesen fragen, sie erzählen lassen, vom Anfang, von der Mitte und vom Ende. Alles wollte sie hören: die Geschichte der Vögel, der Bäume, der Blumen, der Gräser und – vielleicht, wenn sie die Gelegenheit dazu bekam, auch die Geschichte der Füchse! Ja, das war die Lösung! Sie spürte, wie eine große Ruhe über sie kam.
Zuhause angekommen ging sie sofort zu ihrem Zauberspiegel. Und was sie sah, erstaunte sie nicht: eine erwachsene Frau blickte ihr entgegen. Um sie herum ahnte man einen silbrigen Schein. Das neue Feenkleid begann zu wachsen…

Kapitel 6
Die Wesenheiten

Von nun an ging die Fee jeden Tag in den Wald und ließ sich von seinen Wesen Geschichten erzählen. Gleich am ersten Tag begrüßte sie die große Linde, in der sich ihr Haus befand: „Guten Morgen Linde, heute bin ich gekommen, um von dir etwas über die Wesenheit der Bäume zu hören. Erzähl mir doch eure Geschichte, vom Anfang, von der Mitte und vom Ende!"
Die Linde knarrte wohlwollend: „Das will ich gerne tun, Fee! So höre: unser Kern ist hart, unser Kleid ist weich, unsere Wurzeln holen die Nahrung aus der Tiefe der Erde, unsere Wipfel nehmen die Kraft aus dem großen Ganzen und alles vereint sich in unserer Mitte. So sind wir immer Anfang, Mitte und Ende. Und wenn du wissen willst, wie es ist, ein Baum zu sein, dann musst du dir einen unserer toten Kameraden suchen. Stell dich auf seinen Stumpf und schließ die Augen – dann wirst du fühlen wie ein Baum!"
Die Fee dankte der Linde: „Du hast mir sehr geholfen, meine Freundin, ich will sehr gerne fühlen wie es ist, ein Baum zu sein!"
Sie ging ein Stück in den Wald hinein, bis sie an einen Baumstumpf kam. Er konnte nicht lange tot sein, denn sein Kern war noch deutlich zu sehen.
Vorsichtig trat sie hinauf, stellte sich gerade hin und schloss die Augen. Und tatsächlich, nach einer Weile fühlte sie, wie ihr Körper hart wurde, wie die Rinde sie umfing. Sie sog die dunkle Kraft auf, die aus der Erde kam, und spürte das Licht, das ihr das Wachsen leicht machte. Leise wiegte sie sich im Wind hin und her. Lange Zeit stand sie so, unbeweglich und doch biegsam, nährend und genährt. Und sie verstand: Das war die Wesenheit der Bäume.

Als sie endlich weiterging, nahm sie die Stärke der Bäume mit auf ihren Weg. Der führte sie als nächstes zu den großen Felsen. Majestätisch erhoben sie sich über den Wald, und die Fee näherte sich ihnen sehr respektvoll. „Guten Morgen, ihr Felsen! Ich bin heute gekommen, um etwas über die Wesenheit der Felsen zu erfahren!“

Einer der kleineren Felsen räusperte sich: „Und wer bist du, wenn ich fragen darf? Wir sind nämlich die Ältesten hier im Wald, und noch nie hat uns jemand nach unserer Wesenheit gefragt.“

Die Fee wurde nachdenklich: „Noch nie? Aber wie kann euch dann jemand verstehen, wenn man euch nicht fragt?“ Die Felsen blickten sehr würdevoll, und diesmal antwortete der größte unter ihnen: „Uns versteht auch keiner, das ist unsere Geschichte. Wir sind schon immer da, das ist der Anfang, wir sind jetzt da, das ist die Mitte und wir werden da sein, bis ans Ende! Und wenn du wissen möchtest, wie es ist, ein Felsen zu sein, dann setz dich zu uns, und du wirst die Stille der Unendlichkeit spüren!“

„Das will ich gerne tun!“, sagte die Fee und setzte sich auf eine sonnenbeschienene Stelle.

Mit ihren Händen fühlte sie die raue Oberfläche und nahm die Wärme des Steins in sich auf. Wieder schloss sie die Augen und diesmal fühlte sie, wie eine unendliche Ruhe sie umfing. Still saß sie so Stunde um Stunde. Die Zeit verging und sie verging doch nicht, denn für die Felsen gibt es keine Zeit. Alles um sie herum ändert sich, doch für die Felsen ist das Gestern so wie das Heute und das Morgen. Und die Fee verstand: Das war die Wesenheit der Felsen und der Steine.

Kapitel 7
Der Fuchs und Die-die-alles-weiß

Der Fuchs war unterdessen zurück nachhause zu seiner Familie gelaufen. Die kleine Fee sollte nur nicht glauben, er würde sie vermissen, dachte er. So was - ihm, dem stolzen Fuchs vorzuwerfen, er nähme sich etwas, was ihm nicht gehöre! Schließlich war er das Oberhaupt seiner Familie, alle hatten ihn bewundert, hatten auf seine Schläue vertraut. Zauberwesen, so ein Unfug! Er konnte selber nicht mehr glauben, dass er jemals das Lied des Waldes in sich gehört hatte. Die kleine Fee hatte ihm das vorgegaukelt, da war er sich jetzt ganz sicher.

Zuhause wurde er vorwurfsvoll begrüßt: „Na endlich, wo warst du denn so lange!“ „Wie konntest du uns nur so im Stich lassen!“ „Was hast du dir nur dabei gedacht, einfach zu verschwinden, du bist schließlich unser Anführer!“, so riefen die Füchse durcheinander.
Der Fuchs schämte sich. „Ich habe mich verlaufen“, verteidigte er sich. „Dann bin ich bei der kleinen Fee gelandet, und ich glaube, sie hat mich verzaubert. Aber jetzt habe ich es geschafft, mich aus ihrem Bann zu lösen!“
Die anderen Füchse lachten laut: „Die kleine Fee hat ihn verzaubert! So eine dumme Ausrede! Kein Fuchs glaubt an Feen, dazu sind wir viel zu schlau! Gib’s doch zu, dass du keine Lust hattest zu jagen und nur herumgestreunt bist!“
Da wusste der Fuchs selber nicht mehr, was er glauben sollte. Verwirrt legte er sich auf seinen alten Schlafplatz. Dankbar, dass seine Familie ihn wieder aufgenommen hatte, aber auch ein bisschen traurig, dass die kleine Fee nur eine Täuschung gewesen sein sollte.
Die Tage vergingen, und alles schien so zu sein wie früher. Aber der Fuchs fühlte sich irgendwie nicht wohl. Er war wieder zuhause, da, wo er hingehörte, ein Fuchs unter Füchsen, aber etwas nagte an ihm. Manchmal träumte er dann von der Fee, doch wenn er aufwachte, schimpfte er mit sich selber: „Narr, du weißt doch, dass sie nur ein Traum ist, also vergiss sie endlich.“
Er tat alles, was ein richtiger Fuchs zu tun pflegt: Er ging auf die Jagd, brachte die Beute heim, wies die jungen Füchse in die Kunst des Jagens ein, legte in seinem Bau neue Gänge an, in denen man Vorräte sammeln konnte. Er unterhielt sich mit den anderen Füchsen über wichtige Fuchsthemen – und doch, etwas hatte sich verändert.
„Ich glaube, mir steckt eine Krankheit in den Knochen,“ sagte er zu seiner Frau. Die lachte ihn aus. „Ja, ja, ich weiß schon, die Feenkrankheit“, spottete sie. „Du denkst zu viel nach, mein Guter, kümmere dich lieber um unsere Kinder, die hatten heute Mittag schon wieder nicht genug zu fressen, weil du gestern nur ein Kaninchen nach Hause gebracht hast.“
Der Fuchs wurde ganz kleinlaut. Seine Frau hatte ja Recht. Es war die Fee, die ihm nicht aus dem Kopf ging. Sie war schuld, dass er mit seinen Gedanken nicht so recht bei der Sache war. Er musste sie vergessen, schließlich verließ sich seine Familie auf ihn – und er war nun einmal ein Fuchs und kein Zauberwesen.
Sogleich machte er sich auf in den Wald. Heute Abend sollte sich keiner über ihn beklagen können. Alle sollten zu fressen haben, er würde ihnen beweisen, dass er zu Recht ihr Anführer war. Doch so sehr er sich auch bemühte, er konnte und konnte keine Beute finden. Immer mutloser wurde er, und schließlich kam er an

eine Waldlichtung, die in warmes Sonnenlicht getaucht war. Da stand auch ein alter Baum und unter den legte er sich in das weiche grüne Moos, um ein wenig auszuruhen. Er musste wohl eingeschlafen sein, denn als er erwachte, saß eine alte Frau neben ihm. Sie hatte langes weißes Haar und ein gütiges runzeliges Gesicht, aus dem ihn zwei sanfte Augen freundlich ansahen.

„Wer bist du denn?“, fragte er verwundert. „Ich bin Die-schon-immer-da-ist und Die-alles-weiß“, antwortete sie. „Und ich glaube, du möchtest mich etwas fragen.“

Der Fuchs schüttelte den Kopf. „Ich?“, fragte er. „Ich weiß doch schon alles, ich bin doch der schlaue Fuchs!“

„Oho“, lächelte da die Alte, „wenn das so ist, dann kannst du mir ja eine Frage beantworten: Was bist du?“

Der Fuchs antwortete verächtlich: „Das ist doch eine dumme Frage. Ich bin der Fuchs!“

Die Alte schüttelte den Kopf: „Du hast meine Frage nicht verstanden. Ich habe dich nicht gefragt, wer du bist, sondern was du bist!“

Der Fuchs war verblüfft. „Was ich bin? Hm… das weiß ich nicht! Seltsam, darüber habe ich noch nie nachgedacht. Aber wenn du die bist, Die-alles-weiß, dann sag du es mir doch!“

Sie schüttelte den Kopf. „Das kann dir keiner sagen. Was du bist, musst du selber herausfinden.“ Und mit diesen Worten war sie verschwunden.

Sehr nachdenklich ging der Fuchs nachhause. Dort wurde er mit großem Geschrei empfangen: „Hast du wieder nichts gefangen? Kann man sich denn auf dich gar nicht mehr verlassen? Was hast du die ganze Zeit im Wald gemacht? Nach den Schmetterlingen geschaut?“

Der Fuchs verteidigte sich. „Mir ist etwas ganz Seltsames passiert“, sagte er. „Ich bin der begegnet Die-alles-weiß und sie hat mich gefragt, was ich bin. Und stellt euch vor, ich hab es nicht gewusst!“

Nun wurden die anderen Füchse aber richtig böse: „Das wird ja immer doller mit dir. Erst verzaubert dich eine Fee und nun begegnest du auch noch einer Hexe. Nichts als faule Ausreden, weil du deine Pflichten vernachlässigst! Wir sagen dir, was du bist: Du bist unser Anführer und du hast für uns zu sorgen. Und du bist kein guter Anführer mehr, lass dir das gesagt sein. Wir sind überhaupt nicht mehr zufrieden mit dir. Wenn du jetzt nicht bald wieder deine Aufgaben erledigst, dann suchen wir uns einen neuen Chef!“

Der Fuchs erschrak zu Tode. So weit war es schon. Jetzt würden ihn auch seine Füchse verjagen und dann wäre er ganz allein. Er musste einen Weg finden, wie er wieder ein richtiger Fuchs werden konnte. Aber vielleicht konnte er gar kein richtiger Fuchs mehr werden? Vielleicht war er ja wirklich verzaubert, und er würde nie mehr zu den Füchsen gehören? Was würde dann mit ihm geschehen? Voller Verzweiflung legte er sich schlafen.
Doch die Worte der alten Frau wollten ihm nicht aus dem Sinn. Er drehte sich hin und her: „Was bin ich, was bin ich?“ Mit einem Mal schreckte er hoch. „Ich bin auf der Suche!“ murmelte er, „das ist es, was ich bin. Ich bin auf der Suche nach einer Antwort. Oder doch nicht? Ich glaube, die anderen haben wirklich recht, ich tauge zu gar nichts mehr!“

Kapitel 8
Der kleine Fuchs

Die kleine Fee lernte eifrig weiter. Eigentlich war sie nun gar nicht mehr so klein, denn vieles über die Wesenheiten hatte sie schon verstanden. Von allen hatte sie ein Stück mitgenommen. Von den Gräsern hatte sie erfahren, was es heißt, biegsam zu sein, sich an den Wind anzuschmiegen und doch nie die Gestalt zu verlieren. Die Vögel hatten sie gelehrt, was Weite ist, nach oben, nach unten und in alle Himmelsrichtungen fliegen zu können und doch immer an den einen Ort zurückzufinden, den sie ihr Nest nennen. Die Ameisen hatten ihr gezeigt, wie man unbeirrbar seinen Weg geht, immer geradeaus, wie Hunderte und Tausende zuvor. Nicht nach dem Anfang, der Mitte und dem Ende zu fragen, weil der Weg für den einzelnen sowieso nie ganz zu sehen sei. Von den Blumen hatte sie gelernt, die Vergänglichkeit zu verstehen, dass es immer einen Anfang, eine Mitte und ein Ende geben würde. Der Wind hatte ihr von den Wünschen erzählt, die er mit sich trug, die irgendwo einen Anfang hatten, in ihm ihre Mitte fanden und am Ende dort ankamen, wo sie erwartet wurden.

Ja, vieles hatte sie gehört, und sie hatte sich bei jedem Wesen bedankt für das, was es ihr gab.

Eigentlich wäre sie auch sehr zufrieden gewesen, wenn, ja wenn da nicht immer wieder der Gedanke an ihren Freund, den Fuchs, gewesen wäre. „Ach, wenn ich doch auch etwas über die Wesenheit der Füchse lernen könnte", seufzte sie so manchen Abend. „Vielleicht könnte ich dann verstehen, warum der Fuchs weggelaufen ist." Aber wohin sie auch ging, den Fuchs sah sie nicht wieder.

Eines Tages aber, als sie schon eine ganze Weile durch den Wald gelaufen war, kam sie unvermittelt an die Lichtung, an der sie Den-der-alles-weiß und Der-schon-immer-da-ist getroffen hatte.

„Hier will ich ein wenig rasten", dachte sie. „Vielleicht kommt der alte Mann wieder, und ich kann ihn nach meinem Freund fragen."

Sie legte sich auf die warme Erde und sah den Wolken zu, die langsam über den Himmel zogen. Plötzlich bemerkte sie eine Bewegung. Sie richtete sich auf und entdeckte - einen Fuchs! Ihr Herz hüpfte: Da war er, der lang Vermisste. Und er hatte unverkennbar ein schimmerndes Kleid über seinem Pelz! Voll Freude lief sie auf ihn zu. Doch als der Fuchs nun langsam näher kam, erkannte sie, dass dieser Fuchs viel jünger war. Ja, es war ein ganz kleiner Fuchs, gerade eben der Kinderstube entwachsen – aber ebenso unverkennbar trug er über dem Pelz ein

helles Kleid! Ein wenig enttäuscht, aber doch froh über die unerwartete Begegnung, begrüßte die Fee den kleinen Fuchs: „Guten Abend, kleiner Fuchs. Wohnst du auch hier im Wald?“ Der kleine Fuchs kam ohne Zögern näher und setzte sich vor der Fee auf den Waldboden. Seine Augen waren hell und freundlich und seine Stimme klang sehr sanft, als er zu sprechen begann: „Dir auch einen guten Abend! Wer bist du denn, und woher kennst du mich?“
Die Fee lächelte: „Ich bin die Fee und wohne hier im Wald. Ich kenne dich nicht, aber ich kenne jemanden, dem du sehr ähnlich siehst. Ich hatte vor langer Zeit einen sehr, sehr lieben Freund, der war ein Fuchs so wie du!“
Der kleine Fuchs wurde traurig: „So wie ich bestimmt nicht, Fee. Denn, weißt du, alle sagen, ich bin gar kein richtiger Fuchs! Ich mag nicht jagen und andere Tiere töten, ich mag nicht mit den anderen kleinen Füchsen balgen und scherzen. Ich mache alles falsch, sagen die anderen, und ich werde nie ein ordentlicher Fuchs werden. Ich gebe mir zwar immer große Mühe, aber es will und will mir einfach nicht gelingen!“
Mitleidig sah die Fee den kleinen Fuchs an: „Das kenne ich auch, kleiner Fuchs. Weißt du, als ich klein war, musste ich in der Stadt unter den Menschen leben. Und die haben auch immer gesagt, ich würde nie eine richtige Frau werden. Aber ich weiß jetzt wieder, dass ich ein Zauberwesen bin und hierher in den Wald gehöre.“
Der kleine Fuchs fragte neugierig: „Was ist ein Zauberwesen, Fee?“
„Ein Zauberwesen kann das Lied des Waldes hören und man hat mir gesagt, wenn es groß ist, weiß es alles über die Wesenheiten, kleiner Fuchs. Aber das musst du doch selber wissen. Du bist doch auch ein Zauberwesen!“ antwortete die Fee.
„Ich?“, sagte der kleine Fuchs erstaunt. „Ich bin doch ein Fuchs – obwohl, das Lied des Waldes kenne ich sehr gut! Kannst du das wohl auch hören?“, fragte er ganz aufgeregt. „Die anderen Füchse lachen mich immer aus, wenn ich ihnen davon erzähle!“
Die Fee lächelte: „Natürlich, jedes Zauberwesen kennt das Lied des Waldes. Vor allem aber trägt jedes Zauberwesen ein helles Kleid. Und dein Pelz schimmert ganz hell! So, jetzt wird es aber Zeit für mich. Es hat mich gefreut, kleiner Fuchs, vielleicht sehen wir uns ja mal wieder. Und wenn du meinen Freund, den Fuchs triffst, dann grüß ihn von mir und sag ihm, dass ich ihn vermisse. Versprichst du mir das?“
Der kleine Fuchs nickte: „Das will ich gerne tun, Fee. Ich glaube, ich weiß auch schon, wo ich ihn finde!“
Er winkte der Fee noch einmal zu und machte sich nachdenklich auf den Weg nachhause.

Immerzu musste er daran denken, was die Fee gesagt hatte: dass er ein Zauberwesen sei und ein helles Kleid über seinem Pelz trage. Er hatte dieses Kleid an der Fee auch gesehen – aber noch niemals an einem Fuchs. Obwohl – da war der große Fuchs in seiner Familie. Der, der von der kleinen Fee erzählt hatte, die ihn verzaubert hatte. Der, mit dem die Mütter ihre Kinder nicht gerne sprechen ließen, damit sie sich nicht mit seiner seltsamen „Feenkrankheit" ansteckten. Vielleicht wusste der etwas über Zauberwesen? Er würde ihn danach fragen, am besten gleich heute Abend, nach dem Abendessen!

Als er an diesem Abend nachhause kam, ließ er den Spott, den er wie immer zu hören bekam, geduldig über sich ergehen. Er wartete, bis alle Füchse sich satt gegessen und an ihren Schlafplätzen zusammengerollt hatten. Dann schlich er vorsichtig zu dem Platz, an dem der Alte lag.

„Hey, großer Fuchs", flüsterte er leise. „Schläfst du schon?"

Der große Fuchs öffnete ein Auge und blinzelte den Störenfried ungehalten an. „Was störst du mich, kleiner Fuchs? Geh auf deinen Platz und schlaf!"

Aber der kleine Fuchs ließ sich nicht beirren: „Ich muss dir aber etwas sagen! Ich soll dich nämlich grüßen von der Fee und dir sagen, dass sie dich vermisst! Und ich möchte von dir wissen, ob ein Fuchs ein Zauberwesen sein kann. Ob ich vielleicht ein Zauberwesen bin? Ob ich vielleicht deshalb kein richtiger Fuchs sein kann, weil ich eben ein Zauberwesen bin?"

Der große Fuchs war jetzt hellwach: „Kleiner Fuchs, du stellst mir viele Fragen. Ich kann sie dir nicht beantworten. Denn alles, was ich weiß, ist, dass ich auf der Suche nach der Antwort bin. Ich habe lange selber nicht geglaubt, dass es Zauberwesen gibt, so wie die kleine Fee eines ist. Aber jetzt ist es wohl an der Zeit für mich, herauszufinden, was es damit auf sich hat."

Der kleine Fuchs sah den großen bewundernd an. „Wirst du hinausziehen in die Welt?", fragte er ehrfürchtig. „Soviel Mut hätte ich nicht."

„Du bist auch noch klein", antwortete der große Fuchs würdevoll. „Bleib du nur hier in unserem Bau. Wenn die Zeit gekommen ist und ich alles weiß, werde ich zurückkommen und dir erzählen, was du wissen willst." Er stupste den kleinen Fuchs noch einmal freundlich mit der Schnauze an, dann machte er sich auf den Weg.

Kapitel 9
Der Fuchs am Anfang

Der Fuchs lief ziellos durch den Wald. Er suchte hier und suchte da, doch nichts schien die brennende Sehnsucht stillen zu können, die er in sich fühlte. Immer öfter dachte er nun an die kleine Fee, an das Lied des Waldes, das ihn so still hatte werden lassen. War es das, wonach er sich sehnte? Oder waren es die Dinge, die in den Wesenheiten ruhten? Woher wusste er plötzlich, was Wesenheiten waren? Was war eigentlich der Anfang, die Mitte und das Ende? Immer mehr Fragen und Erinnerungen tauchten in ihm auf, immer verwirrter wurde der Fuchs.

Viele Wochen war er unterwegs. Er fing wenig, oft genug war es gerade mal eine Maus. Es schien, als hätte er vergessen, wie man jagt. Sein Fell wurde stumpf und struppig, doch er wusste, er konnte nicht zu seiner Familie zurück. Er war kein Fuchs mehr, das begann er zu fühlen. Da war etwas anderes, eine Wärme, die ihn umgab, und ganz leise erwachte in ihm der Gedanke, dass es ein Kleid war, so wie das, das die Fee getragen hatte, das langsam um ihn herum wuchs.

„Du hattest Recht, kleine Fee“, dachte er voll Reue. „Ich hab tatsächlich von deinen Erinnerungen gezehrt. Aber ich hatte auch Recht, obwohl ich es selber fast nicht glauben kann. Ich bin auch ein Zauberwesen, genau wie du. Oder ich werde es sein, wenn ich endlich die Antwort gefunden habe, nach der ich suche.“

In Gedanken versunken lief er um einen großen Felsen, der ihm den Weg versperrte, und bemerkte den Felsspalt nicht, der sich unter ihm auftat. Er verlor den Halt und stürzte hinab in eine tiefe Schlucht. Für kurze Zeit verlor er das Bewusstsein.

Als er wieder erwachte, erkannte er entsetzt, dass er unter der Erde gefangen war. Das Tageslicht war unerreichbar über ihm. Der einzige Weg, der aus der Schlucht führte, ging tiefer in den Berg hinein. „Nun gut!", sagte er zu sich. „Wenn ich hier mein Ende finden soll, sei's drum. Aber vielleicht führt der Weg ja auf der anderen Seite aus dem Berg hinaus."
Vorsichtig tastete er sich an den Wänden entlang. Es war kalt und feucht, und er begann sich zu fürchten wie als kleiner Fuchs. „Feigling", schimpfte er sich selber, „willst ein großer Fuchs sein und hast Angst". Immer dunkler wurde es und immer enger. Zum ersten Mal seit vielen Jahren fühlte der Fuchs Tränen in sich hochsteigen. Sein ganzer Mut hatte ihn verlassen. Er legte sich auf den Boden und rollte sich zusammen, um sein pochendes Herz zu beruhigen. Da hörte er plötzlich schallendes Gelächter: „Wen haben wir denn da?", dröhnte eine tiefe Stimme. Erschrocken fuhr der Fuchs auf. Seine Nackenhaare sträubten sich und er begann zu knurren.
„Hahaha du kleiner Wicht, denkst du, so kannst du mich beeindrucken?", fragte die Stimme spöttisch.
„Wer bist du? Und wo bist du?", fragte der Fuchs mit zitternder Stimme. „Komm heraus, damit ich dir zeigen kann, wer der Stärkere ist!"
„Das glaubst du doch wohl selber nicht!" schallte es von den Wänden zurück. „Ich bin die Angst, und ich bin überall, wo du hingehst! Vor mir kannst du dich nicht verstecken, denn ich finde dich immer!"
Der Fuchs rief: „Aber was willst du von mir, ich hab dir doch nichts getan?"
„Nichts getan?", spottete die Angst. „Nichts getan? Du hast mich verleugnet, all die Jahre lang hast du behauptet, dass du mich nicht kennst! Wie oft bist du mir begegnet, und hast mich keines Blickes gewürdigt. Nie war ich gut genug für dich, nie hab ich dir irgendwas recht machen können. Aber jetzt, jetzt hab ich dich. Jetzt kannst du mir nicht ausweichen!"
Als der Fuchs das hörte, wurde er plötzlich ganz ruhig. Es stimmte, was die Angst sagte. Er hatte sie immer gemieden, wenn sie ihm begegnete, denn die Füchse verachteten die Angst.
„Du hast recht, Angst, das war sehr unhöflich von mir", sagte er besänftigend. „Wenn du möchtest, würde ich dir jetzt sehr gerne begegnen."
Die Stimme räusperte sich: „Tja, wenn das so ist, dann will ich mal nicht so sein!" Ein leises Zischen wurde hörbar und dann erschien vor den Augen des Fuchses eine kleine weiße Nebelschwade, aus der ihn zwei Kinderaugen furchtsam anblickten.
Staunend sah der Fuchs die Angst an. „Hey, du siehst ja aus wie ich, als ich noch ganz klein war. Ich verstehe selber nicht, warum ich dich nie anschauen wollte.

Du bist sogar richtig nett, das werde ich auch den anderen Füchsen erzählen, wenn ich wieder nachhause komme. Also, wenn es dir recht ist, gehe ich jetzt weiter. Jetzt wo ich dir begegnet bin, weiß ich ja, dass ich vor der Angst keine Angst zu haben brauche."

Da zog sich die Nebelschwade in einem Lächeln zusammen und löste sich auf.

Mit neuer Hoffnung im Herzen tastete der Fuchs sich nun den Gang entlang. In dem fahlen Licht, das von oben herab fiel, erkannte er an den Wänden des Ganges Bilder. Es waren Jagdszenen und seltsame Symbole, an deren Bedeutung er sich undeutlich erinnerte. Schließlich öffnete sich der Gang zu einem großen Raum, dessen Boden mit Wasser bedeckt war. Es kam von den Wänden herab, und als er näher hinsah, erkannte er in dem fallenden Wasser plötzlich eine Fratze, die ihm irgendwie ähnlich sah. Als sie ihn erblickte, verzerrte sie sich voller Wut, und das Rauschen des Wassers schwoll zu einer hasserfüllten Stimme an. „Du schon wieder, immer wieder du, verschwinde endlich aus meinem Reich, sonst werde ich dich töten!" schrie es von allen Wänden.

Der Fuchs erstarrte vor Schreck. Aber dann spürte er einen nie gekannten Zorn in sich hochsteigen. Er begann zu knurren, immer lauter, bis es schließlich seine eigene Stimme war, die den Raum erfüllte. Dann stürzte er sich mit aller Kraft auf die Fratze und brüllte außer sich: „Ich werde dir schon zeigen, dass ich hier der Herr bin, das ist mein Reich, und du bist es, der verschwinden muss."

So wütend war er, dass er gar nicht merkte, dass er sich an den rauen Felsen unter dem Wasser die Pfoten blutig schürfte. Immer und immer wieder sprang er, um der Fratze den Hals durchzubeißen, doch er bekam nichts zu fassen außer dem harten Stein.

Schließlich sank er völlig erschöpft zu Boden und begann zu überlegen. Das Gesicht an der Felswand blickte ihn noch immer wütend an und es schien nicht müde zu werden. Er musste es besiegen, aber wie?

Da fiel ihm ein, was die Angst gesagt hatte: „Wie oft bist du mir begegnet und hast mich keines Blickes gewürdigt!" Vielleicht wollte auch der Hass einfach nur angeschaut werden? Langsam erhob der Fuchs sich, stellte sich aufrecht hin und begann mit ruhiger Stimme zu sprechen: „Ich war sehr unhöflich zu dir. Ich bin in dein Reich eingedrungen und wollte dich daraus vertreiben. Das tut mir leid. Ich möchte dir jetzt sehr gerne begegnen."

Die Stimme verstummte. Das Gesicht an der Wand entspannte sich und begann ganz langsam, sich in eine kleine schwarze Wolke zu verwandeln. Zwei Kinderaugen funkelten den Fuchs aus der Wolke zornig an. Doch dann wurde ihr Blick

versöhnlich, und als die Stimme nun sprach, hatte sie beinahe einen freundlichen Klang: „Tja, wenn das so ist, will ich mal nicht so sein."
Der Fuchs war verblüfft: „Hey, du siehst ja aus wie ich, als ich noch ganz klein war. Seltsam, dass ich dich nie anschauen wollte. Aber ab jetzt werde ich auch dir achtsam entgegentreten. Und ich werde auch den anderen Füchsen von dir erzählen, wenn ich wieder zuhause bin."
Da zog sich die kleine schwarze Wolke zusammen und verschwand.

Kapitel 10
Der Fuchs in der Mitte

Sehr nachdenklich ging der Fuchs nun weiter. Was hatte das alles zu bedeuten? Ihm fiel die alte Frau ein, die ihn gefragt hatte: „Was bist du?“ Er begann die richtige Antwort zu ahnen. So verwunderte es ihn auch nicht, als er auf seinem Weg durch die Höhle noch vielen anderen Wesen begegnete, die alle nur eines wollten: von ihm bemerkt werden. Da war der Schmerz, da war das Mitgefühl, da waren auch die Trauer, das Misstrauen, der Neid, die Freude. Es war ein langer Weg, auf dem der Fuchs viele Abenteuer zu bestehen hatte. Doch unbeirrbar folgte er dem verschlungenen Gang, bis er sie schließlich alle kennen gelernt hatte. „Jetzt erinnere ich mich: Alle diese Wesen gehören zu mir, und ich will sie nie wieder vergessen.“

Nachdem er diese Worte gesprochen hatte, bog er in einen neuen Gang ein und blieb erschrocken stehen. Ein Ort tat sich vor ihm auf, für dessen Schönheit er keine Worte fand. Alles war in weiches warmes Licht getaucht, das von überall und nirgends kam.

Da wusste er, er war in der Mitte des Berges angelangt, dort wo das Ende des einen Weges und der Anfang des anderen Weges war. In der Mitte, die alles in sich vereinte. Ehrfürchtig betrat er den Ort und fühlte, wie ihn eine große Wärme umfing.

„Du bist die Liebe“, sagte der Fuchs dankbar, „und du bist die Antwort nach der ich gesucht habe“. Die Stimme, die er nun hörte, war überall, in ihm und um ihn.

„Ja, ich bin die Liebe, und in mir löst sich alles andere auf. Ich freue mich, dass du den Weg zu mir gegangen bist. Nicht alle finden hierher zu mir, denn es erfordert viel Mut und Ausdauer. Aber alle, denen es gelingt, werden sehr glücklich!“

Lange Zeit blieb der Fuchs an diesem Ort in der Mitte, wo alle seine Wunden heilten.

Dann erhob er sich, und er wusste, ohne in einen Spiegel zu blicken, dass sein Pelz nun von einem strahlenden weißen Kleid umhüllt war.

Er wusste auch, dass der Gang, den er jetzt sehen konnte, nach draußen führte. Schnell lief er das kurze Stück zum Höhlenausgang.

Kapitel 11
Das Elfenkind

In seiner Eile wäre er beinahe über eine kleine Elfe gestolpert, die in einer dunklen Ecke in der Nähe des Ausgangs kauerte.
„Nanu“, rief er, „was machst du denn hier in der Dunkelheit ganz allein?“
„Ich bin durch ein Loch im Waldboden hier herunter gefallen und nun kann ich nicht mehr zurück“, antwortete ihm eine furchtsame Stimme.
„Wie, du kannst nicht mehr zurück?“ fragte der Fuchs verwundert, „warum gehst du denn nicht einfach hinaus, der Ausgang ist doch dort um die Ecke?“
Die kleine Elfe zögerte. Die Wahrheit konnte sie dem Fuchs nicht sagen, denn sonst würde er ihr vielleicht nicht helfen.
„Ich habe mich bei meinem Sturz verletzt und kann nicht laufen“, flunkerte sie. „Wenn meine Eltern das wüssten, würden sie sich bestimmt große Sorgen um mich machen. Kannst du sie nicht herholen?“
Der Fuchs schmunzelte. Auf seinem langen Weg durch die Höhle war er auch der Lüge und der Feigheit begegnet. Sie hatten ihn gelehrt, dass man sie nur mit der Wahrheit besänftigen konnte.
„Kleine Elfe, irgendwie habe ich das Gefühl, dass du mir nicht die Wahrheit sagst. Kann es sein, dass du etwas ausgefressen hast? Und nun sollen deine Eltern sich Sorgen machen, damit sie dich nicht schimpfen?“
Die kleine Elfe funkelte ihn zornig an. „Du willst mir nur nicht helfen, weil du feige bist. Geh nur und lass mich hier allein, dann wirst du schon sehen, was du davon hast!“
Der Fuchs wurde nun sehr ernst: „Ich bin weder feige, noch lasse ich dich hier allein. Ich kenne alle Wege hier im Berg und ich weiß, dass dir nirgendwo ein Leid geschehen wird. Du musst dich jetzt entscheiden. Kommst du mit und erzählst deinen Eltern die Wahrheit, oder bleibst du hier und bemitleidest dich selber?“
Schmollend erhob sich die kleine Elfe. Der Fuchs würde nicht nachgeben, das spürte sie. Irgendwie war sie auch ganz froh darüber, denn in der Höhle war es kalt und ungemütlich. Vielleicht würde der Fuchs ihr sogar helfen, wenn sie ihm erzählte, warum sie sich hier versteckt hatte? Zögernd legte sie ihre Hand auf seinen Rücken. Sein Pelz fühlte sich ganz weich und irgendwie hell an.
„Kannst du machen, dass meine Eltern nicht mit mir schimpfen?“ fragte sie klein-

laut. „Ich hab nämlich heute morgen ein bisschen von unserem Zauberbrot stibitzt, weil ich ausprobieren wollte, ob man wirklich Bärenkräfte bekommt, wenn man es isst.“
„Wusste ich es doch!“ Der Fuchs sah die Elfe streng an, doch dann sagte er beruhigend: „Na komm, ich glaube, sie werden ganz froh sein, dich wiederzuhaben. Ich begleite dich, aber du wirst sehen, wenn du ihnen die Wahrheit sagst, wird alles gut.“
Er streckte seine Pfote aus und nahm das Elfenkind behutsam bei der Hand.

Kapitel 12
Die Fee und der kleine Fuchs

Lange hatte der kleine Fuchs auf die Rückkehr seines großen Freundes gewartet. Doch der kam und kam nicht, und der kleine Fuchs gab schließlich die Hoffnung auf, ihn jemals wieder zu sehen. Aber ohne den alten Fuchs gefiel ihm das Leben bei den Füchsen gar nicht mehr.
Eines Tages beschloss er, hinaus zu ziehen in die Welt. Vielleicht gab es ja irgendwo Füchse, die nicht jagten und Tiere töteten, die ihn nicht verspotten würden, weil er anders war. Oder vielleicht konnte er ja die kleine Fee besuchen?
Er machte sich auf den Weg in den Wald. Voll Freude lauschte er dem Lied, das ihn hier sofort umgab, dem Lied der Waldwesen, begleitet vom Rhythmus der Wesen aus der Tiefe der Erde.
In Gedanken versunken lief er um einen großen Felsen und wäre beinahe in eine Felsspalte gefallen, die sich vor ihm auftat. Erschrocken sprang er zur Seite. Diese Stelle kannte er. In diese Felsspalte war er letztes Jahr geraten, als er versuchte ein ordentlicher Fuchs zu sein und ein Kaninchen jagte. Das war der Ort, an dem die vielen Wesen der Erde hausten.

„Den Weg muss man nicht zweimal gehen“, sagte da eine sanfte Stimme hinter ihm. Der kleine Fuchs drehte sich um und sah die Fee, die hinter ihm stand. „Oh hallo, Fee. Ich hab gehofft, dich hier im Wald zu treffen. Kennst du den Weg durch den Berg denn auch schon?“, fragte er neugierig.
Die Fee nickte. „Da bin ich als ganz kleines Kind hineingefallen und bin dort den vielen Wesen der Erde begegnet. Es war nicht leicht, wieder herauszukommen. Aber ich habe es geschafft, und ich glaube, damals ist mir auch mein erstes Feenkleid gewachsen.“
„Ach so“, antwortete der kleine Fuchs, „dann hab ich meinen schimmernden Pelz wohl auch dort unten bekommen?“
Die Fee streichelte dem kleinen Fuchs sanft den Kopf. „Das kann schon sein, mein kleiner Freund. Ich weiß es auch nicht so genau. Vielleicht finden wir es gemeinsam heraus. Hast du Lust, mit mir um den Berg zu gehen? Heute ist so ein schöner Tag zum Wandern.“
Die beiden liefen den ganzen Tag und einer war dem anderen eine große Freude. Viele Geschichten erzählten sie sich, bis es schließlich Abend wurde. Vor einem großen Felsen blieben sie stehen: „War es nicht hier, wo der Weg aus dem Berg herauskommt?“, fragte der kleine Fuchs. „Mal sehen, ob ich den Ausgang noch finde.“

Epilog

Der kleine Fuchs hatte die Höhle kaum betreten, da sah er zu seiner großen Überraschung seinen Freund, den alten Fuchs. Er führte eine kleine zarte Elfe, die etwas ungehalten wirkte, an der Pfote.
Der alte Fuchs staunte:„Wen haben wir denn da? Noch so ein unfolgsames Kind! Hatte ich dir nicht befohlen, in unserem Fuchsbau auf mich zu warten? Naja, aber wenn du schon mal da bist, kannst du mir gleich helfen, dieses Elfenkind zuhause abzuliefern!"
Ein bisschen schuldbewusst, weil er bei seinem Ungehorsam ertappt worden war, aber doch glücklich, weil er den alten Fuchs wiedergefunden hatte, nahm der kleine Fuchs die Elfe an der Hand. Er führte sie hinaus ins Licht, während der alte Fuchs sich noch einmal umblickte. Er wusste, dass sein Leben von nun an ganz anders sein würde, denn nun war auch er ein Zauberwesen geworden. Ein Fuchs-Zauberwesen mit einem schimmernden Pelz voller Erinnerungen.
Als er aus der Höhle trat, umfing ihn sofort das Lied des Waldes.
Es erstaunte ihn nicht, dass die Fee auf ihn wartete. Lächelnd blickte sie ihn an.
„Schön, dich zu sehen", sagte sie.
„Ja", antwortete er. „Schön, dich zu sehen." Und lächelte auch.
Der Fuchs und die Fee traten zu den beiden Kleinen und alle wussten, dass hier das Ende eines alten Weges war, der die Mitte eines anderen Weges und der Anfang eines ganz neuen Weges war.

Evi Steiner-Böhm

1956 geboren in Sulzbach-Rosenberg

Studium Englisch/Geschichte/Philosophie
Fernstudium Zeichnen und Malen

Seit 1996 freischaffende Künstlerin, lebt und arbeitet auf dem Wunderhof in Eckertsfeld.

Michael Horn

1979 in Amberg geboren
Aufgewachsen in Neukirchen (b. Sulzbach-Rosenberg)

Studium Kommunikationsdesign,
G.-S.-O.-Fachhochschule Nürnberg,
Schwerpunkt Illustration.

Seit 2003 freischaffender Künstler und Illustrator
Atelier in Neukirchen.

Peter Böhm

1982 in Sulzbach-Rosenberg geboren und aufgewachsen

Mediengestalter mit Fachrichtung Mediendesign